Leserabe

1. Lesestufe

Erhard Dietl • Martin Klein • Claudia Ondracek

Fußballgeschichten

Mit Bildern von Wilfried Gebhard, Kerstin Meyer
und Leopé

Ravensburger Buchverlag

Bibliografische Information Der Deutschen Bibliothek:

Die Deutsche Bibliothek verzeichnet diese Publikation
in der Deutschen Nationalbibliografie.
Detaillierte bibliografische Daten sind im Internet
über **http://dnb.ddb.de** abrufbar.

1 2 3 10 09 08

Diese Ausgabe enthält die Bände
„Der neue Fußball“ von Erhard Dietl mit Illustrationen von Wilfried Gebhard,
„Fußballgeschichten“ von Martin Klein mit Illustrationen von Kerstin Meyer
sowie „Die Bolzplatz-Bande“ von Claudia Ondracek mit Illustrationen von Leopé

Ravensburger Leserabe

Umschlagbild: Wilfried Gebhard
Illustration Leserabe: Heribert Schulmeyer
Umschlagkonzeption: Sabine Reddig
Printed in Germany
ISBN 978-3-473-36346-9

www.ravensburger.de
www.leserabe.de

Inhalt

Erhard Dietl
Der neue Fußball 5

Martin Klein 
Fußballgeschichten 47

Claudia Ondracek
Die Bolzplatz-Bande 91

Leserätsel  134

Erhard Dietl

Der neue Fußball

Mit Bildern von Wilfried Gebhard

Inhalt

Das Geschenk von Papa 9

Ein Fahrrad und ein Auto 17

Tommi geht ins Tor 23

Gut gemacht, Wolli 31

Das Geschenk von Papa

Das ist Tommi.

Und das ist Tommis Hund.

Er heißt Wolli.

Heute hat Tommi
sein erstes Zeugnis bekommen.
Papa hat ihm dafür
einen tollen Fußball geschenkt.

Tommi will ihn natürlich
gleich ausprobieren.
Er geht zu seinem Papa und fragt:
„Spielst du mit mir Fußball?"

Papa setzt seine Brille auf
und schaltet den Computer an.
Er sagt: „Ich muss noch
einen Brief schreiben.
Frag doch deine Schwester.“

Tommi geht ins Zimmer von Ute.
Ute sitzt auf ihrem Bett.
Sie liest in einem Buch
und hört laute Musik.

„Spielst du mit mir Fußball?“, ruft Tommi.
Aber Ute hört ihn nicht.
Sie hat ihren Kopfhörer auf.

Tommi hält ihr den Fußball
vor die Nase.
„Stör mich nicht!“, sagt Ute. „Lass mich
lesen!“

Tommi klemmt sich den Fußball
unter den Arm.
Er läuft die Treppe hinunter zur Haustür.
Wolli saust hinterher.

Da kommt Mama.
Sie hat gerade auf dem Balkon
die Blumen gegossen.
„Nimm die Leine mit, Tommi!“,
ruft Mama.

Doch Tommi hört sie nicht.
Er ist schon draußen.
Ohne Leine!

5

Ein Fahrrad und ein Auto

Er läuft mit Wolli den Weg entlang.
Da treffen sie Max.
Max kniet auf dem Gehsteig
und repariert sein Fahrrad.

„Spielst du mit mir Fußball?“,
fragt Tommi.
„Ich muss erst den Reifen flicken“,
sagt Max.

Neugierig schnüffelt Wolli
an der Tasche
mit dem Werkzeug herum.

Dann nimmt er den Schraubenzieher
zwischen die Zähne.
„Pfui, Wolli!“, sagt Tommi.
„Gib das her!
Das ist doch kein Knochen!“

„Tschüss!“, sagt Tommi und läuft weiter.
Er schießt den Fußball
gegen eine Mauer.
Wolli läuft dem Ball nach
und wedelt mit dem Schwanz.

Da rollt der Ball auf die Straße.
Wolli flitzt hinterher.
„Bleib da!“, schreit Tommi.

Ein Auto kann gerade noch bremsen.
Der Mann im Auto schimpft:
„Nimm doch deinen Köter an die Leine!“

Tommi klopft das Herz bis zum Hals.
Er fasst Wolli am Halsband
und zieht ihn von der Straße weg.

Tommi geht ins Tor

Tommi und Wolli laufen zur Wiese.
Dort lassen Tina und Uwe
gerade ihre Drachen steigen.

„Spielt ihr mit mir Fußball?“,
fragt Tommi sie.
„Später“, sagt Uwe.
„Jetzt nicht“, sagt Tina.
„Wir haben so tollen Wind!“

Tommi schießt seinen Fußball
über die Wiese.
Der Fußball rollt bis zur Wippe.
Wolli springt ihm nach.

Auf der Wippe sitzen
Lisa und Heike.
Wolli läuft auf Lisa zu
und leckt ihr die Hände ab.

„Du bist aber süß!“, sagt Lisa.
Sie streichelt Wolli das Fell
und krault ihn hinter den Ohren.

„Spielt ihr mit mir Fußball?“,
fragt Tommi.
„Zu dritt ist es aber langweilig!“,
sagt Heike.

„Ist es gar nicht!“, sagt Tommi.
„Ich stelle mich zwischen die Bäume.
Das ist das Tor. Ich bin der Torwart
und ihr dürft schießen!“

„Aber wir dürfen auch mit den Händen werfen!“, meint Lisa.
„Nein! Wir spielen doch Fußball!
Es gilt nur mit dem Fuß!“, erklärt Tommi.

„Ich will als Erste schießen!“, ruft Heike.
Sie legt den Fußball auf den Boden und läuft an.
„Geh aus dem Weg, Wolli!“, ruft Tommi.

Heike knallt den Fußball
an Tommi vorbei ins Tor.
Tommi wirft sich zu spät ins Gras.

„Tor!“, rufen Lisa und Heike
und reißen die Arme hoch.

Tommi will seinen Fußball holen.
Da kommt Max über die Wiese geradelt.
Max schnappt sich den Fußball
und fährt mit ihm davon.

Gut gemacht, Wolli

„Fang mich doch!“, ruft Max Tommi zu.
„Du kriegst mich nicht, du lahmer Wicht!“
„Gib den Ball her, freches Ei!“,
ruft Tommi.

Er läuft Max nach.
Doch Max ist schnell wie der Blitz.
„Lahme Ente!“, ruft Max.

Er radelt im Kreis herum.
Tommi rennt, so schnell er kann,
aber er kann Max nicht einholen.

„Gib den Ball her!“,
rufen Heike und Lisa.
Auch Wolli saust jetzt hinter Max her.

Er bellt laut und will Max
in die Hose zwicken.
„Hau ab, du kleines Monster!“, ruft Max.
Er tritt mit dem Fuß nach Wolli.
Dabei verliert er seinen linken Schuh.

Wolli schnappt sich den Schuh
und bringt ihn zu Tommi.
„Guter Hund!“, sagt Tommi
und tätschelt Wolli den Bauch.

Max hält an und steigt vom Fahrrad.
„Darf ich meinen Schuh wiederhaben?“,
fragt er.

„Du darfst ihn gegen den Ball eintauschen“, sagt Tommi und grinst.
„Na gut!“, sagt Max
und gibt Tommi den Ball.

„Darf ich mit euch Fußball spielen?“, fragt Max.

Da kommen auch noch Tina und Uwe
über die Wiese gelaufen.
Der Wind hat aufgehört.
Jetzt wollen ihre Drachen
nicht mehr fliegen.

„Wir spielen auch mit!“, rufen sie.
„Spitze!“, sagt Tommi.
„Dann sind wir drei gegen drei!“

Tommi will mit Uwe und Lisa spielen.
Und Heike spielt mit Tina und Max.

„Wolli macht den Schiedsrichter“,
sagt Lisa. Sie streichelt Wolli das Fell.

„Er hat zwar keine Pfeife, aber er kann bestimmt prima bellen!“, sagt Uwe.

„Nein, Wolli stört uns“, sagt Max.
„Er läuft uns nur zwischen die Beine!“

„Quatsch“, sagt Tommi.
Er führt Wolli am Halsband zum Baum.
„Wolli! Sitz! Platz!“, befiehlt Tommi.
Wolli spitzt die Ohren und legt sich
folgsam ins Gras.

„Alles klar!“, ruft Tommi
und schnappt sich den Ball.
„Jetzt kann’s losgehen!
Ich hab Anstoß!“

Erhard Dietl ist 1953 in Regensburg geboren. Er hat an der Akademie der Bildenden Künste studiert und weil es ihm dort so gut gefallen hat, ist er nach seinem Studium erst mal in München geblieben. Erhard Dietl schreibt nicht nur Kinderbücher, sondern malt und zeichnet auch selber. Hauptsächlich arbeitet er für Kinder, und weil er selbst noch ein „großes" Kind geblieben ist, sind seine Bücher so einfühlsam und witzig.

Wilfried Gebhard ist in Crailsheim geboren und in Stuttgart aufgewachsen.
Nach seinem Studium an der Grafischen Fachschule in Stuttgart und der Staatlichen Akademie der bildenden Künste war er zunächst Artdirector in einer Werbeagentur.
Neben Veröffentlichungen in zahlreichen Magazinen und Zeitschriften und Arbeiten fürs Fernsehen sind 1989 die ersten Cartoonbücher erschienen. Heute lebt er im schwäbischen Maulbronn und illustriert bereits seit 1992 Kinderbücher.

Martin Klein

Fußballgeschichten

Mit Bildern von Kerstin Meyer

Für Finn und Michael Wildenhain

„Vom Feeling her hatte ich ein gutes Gefühl."
Andreas Möller

Inhalt

Emil, die Ente 50

Paula und der Fußballprinz 60

Feno Meno 68

Fußball im Park 76

Emil, die Ente

Emil kam mit krummen Beinen
auf die Welt.
Das sah komisch aus.
Seine Mama lachte.
Emil lachte zurück.

Als Emil laufen lernte,
lachten alle noch mehr.
Emil schaukelte beim Gehen
wie eine Ente.

„Mein süßes Küken“,
sagte Mama.

„Quak, quak!“,
riefen die anderen Kinder.

Emil zeigte ihnen einen Vogel.

Er wusste genau:

Krumme Beine

sind etwas Besonderes.

Auf dem Eis rutschte er nie aus.

Er konnte am besten Bockspringen
und Ponyreiten.

Vor allem aber konnte er
wunderbar Fußball spielen.
In der Schule freute Emil sich
auf die Pausen.

Auf dem Schulhof tänzelte er
wie ein Schwan.
Der Ball war seine Primaballerina.

Er trickste wie ein Jongleur.
Er watschelte und zauberte
den Ball ins Tor.

Nach der Schule sollte Emil
einen Beruf lernen.
Eisverkäufer, Ponyzüchter
oder Turnlehrer.

Aber Emil wurde Fußballstar.
Er spielte in der Bundesliga.
Die Zuschauer liebten ihn.

Emils Tore waren die schönsten
und die lustigsten.
Die Fans nannten ihn Ente Emil.

Das ist lange her.
Jetzt ist Emil ein älterer Herr.
Heute geht er in den Park
zum Ententeich.
Er liest Zeitung und denkt an früher.
Er bekommt Lust zu spielen.
Aber heute ist ein trüber Tag.
Im Park ist niemand zu sehen.

Paula und der Fußballprinz

Paula ist Fußballerin.
Die beste weit und breit.
Nun macht sie Babypause.

Mama Paula wiegt
ihren Kleinen hin und her.

Er ist ihr Prinz.
Der künftige Fußballkönig.
Der Weltmeister von 2030.

Prinz kann noch nicht laufen.
Er robbt über den Rasen
und beißt in den Ball.

Heute schreit Prinz.
Nichts kann ihn beruhigen.

Die Bälle nicht.

Der Schnuller nicht.

Die Eckfähnchen auch nicht.

Nicht einmal die Kuschelkarten helfen.

Da hilft nur eins: frische Parkluft.
Es ist ein trüber Tag.
Aber Fußballer kennen
kein schlechtes Wetter.

Paula schiebt den Kinderwagen.
Flanke von links, Kopfball,
Tor!, denkt Paula.

Der Kinderwagen schwankt.
„Alleingang, Finte,
Tor!!“, schreit Paula.

Der Kinderwagen schlägt einen Haken.
Erschrocken beugt Paula sich vor.
Dann atmet sie auf.
Ihr Prinz schläft tief und fest.

Paula hat Lust,
endlich wieder zu spielen.
Nur ein kleines Spielchen …
Leider ist im Park niemand zu sehen.

Doch am Ententeich trifft Paula
einen älteren Herrn.

Er hat krumme Beine.
Mit den Füßen jongliert er
einen seltsamen Ball.
„Da mache ich mit“, denkt Paula.
Bald fliegt der Ball hin und her
wie beim Pingpong.

Feno Meno

Feno Meno ist sehr nett
und er ist unsichtbar.
Er ist nämlich ein Geist.

Feno Meno ist kein Gespenst.
Gespenster gibt es nicht.
Das ist so klar wie zehn zu null.

Aber jeder kann spüren,
wenn Feno Meno in der Nähe ist.
Nur allein geht das nicht.
Man muss mindestens zu zweit sein.
Feno Meno ist nämlich
ein Mannschaftsgeist.

Es gibt viele solcher Geister.
Genauso viele,
wie es Mannschaften gibt.

Es gibt große und kleine,
dicke und dünne,
schwache und starke,
laute und leise.

Manchmal verliert
eine Mannschaft
ihren Geist.

Das ist Feno Meno passiert.
Die Spieler haben ihn
eines Tages einfach vergessen.

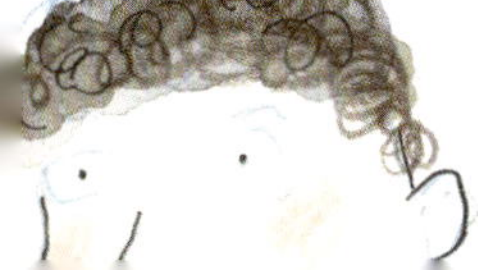

Er schwebte noch lange
um die Tore herum.
Aber das Spielfeld war längst leer.

Seitdem ist Feno Meno allein.
Das ist für einen Mannschaftsgeist
natürlich schlimm.

Feno Meno streift herum.
Er sucht eine neue Mannschaft.
Er schwebt durch den Park.
Nicht viel los heute.

Nur am Ententeich tut sich was.
Ein älterer Herr und eine junge Frau
spielen Fußball.

Der Ball ist eine zerknüllte Zeitung.
Ein Baby im Kinderwagen
feuert die beiden an.

Einmal macht es sogar
einen Kopfball.
Die Enten schauen zu.
Erfreut schwebt Feno Meno hin.

Fußball im Park

Heute ist ein trüber Tag.
Finns Freunde wollen nicht raus.
Aber Finn hat einen neuen Ball.

Er will unbedingt
Weitschüsse probieren.
Finn geht in den Park.

WAMMM!
Ein Schuss wie
aus einem Kanonenrohr!

Leider genau in einen Strauch
voller Dornen.
PFFFFFT.

Der neue Ball ist nur noch
ein schlapper Klumpen.
Finn bekommt sehr schlechte Laune.

Wütend kickt er
den Klumpen vor sich her.
„Ich versenke ihn im Ententeich“,
grummelt er.
„Das hat das blöde Ding verdient!“

Am Teich trifft Finn einen Mann,
eine Frau und ein Baby.
Sie spielen Fußball
mit einem Tannenzapfen.

Finn schaut zu.
Seine Laune bessert sich.
Er spürt Mannschaftsgeist.

„Willst du mitspielen?“,
fragt die Frau. Finn nickt.
„Wir sind Emil, Paula
und Prinz.
Und wer bist du?“
„Finn.“

„Achtung, Finn!“, ruft der Mann.
Er kickt den Zapfen herüber.
„Zwei gegen zwei!“,
ruft die Frau.
„Prinz und ich
gegen Emil und dich!“

Los geht’s! Finn läuft sich frei.
Emil dribbelt wie eine Ente.
Baby Prinz steht im Tor.

Pass und Schuss!
Der Zapfen fliegt auseinander.
Prinz kräht vergnügt.
Die Kicker spielen
mit einer Dose weiter.

Dann nehmen sie
die Wolle für Babys neue Mütze.
Bald ist alles voller Fäden.

„Pause!", keucht Emil.
Die Fußballer setzen sich
auf eine Bank.

Feno Meno kommt dazu.
Er leuchtet vor Freude.
Endlich ist er nicht länger allein!

Martin Klein wurde 1962 in Lübeck geboren, aufgewachsen ist er zusammen mit drei Geschwistern im Rheinland. Nach einer Lehre als Landschaftsgärtner studierte er Landschaftsplanung an der TU Berlin, 1993 machte er sein Diplom. Zu diesem Zeitpunkt hatte er ganz nebenbei schon vier Bücher veröffentlicht. Heute lebt er als freier Autor und Landschaftsplaner in Potsdam.

Kerstin Meyer wurde 1966 in Wedel bei Hamburg geboren. Sie studierte an der Fachhochschule in Hamburg Illustration und ist seit 1993 als freie Illustratorin tätig. Mittlerweile hat sie zahlreiche Bücher bei verschiedenen Verlagen veröffentlicht. Kerstin Meyer lebt und arbeitet in Hamburg.

Claudia Ondracek

Die Bolzplatz-Bande

Mit Bildern von Leopé

Inhalt

Von wegen Taktik! 94

Rache stinkt! 103

Die Turbo 6 112

Wichtige Wörter beim Fußball 128

Von wegen Taktik!

Endlich Pause!
Die „Turbo 5“ stürmen
in den Schulhof.

Die Turbo 5 sind:

Sie kicken sofort los:
mit einem Tennisball!
Mit einem Fußball kann das ja jeder!

Nur ins Tor will keiner.
Die fünf lassen lieber
den Ball tanzen.
Jeder spielt gegen jeden.

Maya schlägt einen Haken um Leon
und schießt …

Der Ball prallt neben dem Tor ab.
„Daneben!“, ruft Juri und grinst.
„Der Schuss war aber gut“,
sagt jemand.

Alle drehen sich um.
Das ist Jan, der Neue in der Klasse.
„Hier, euer Ball“, meint er zögernd.
„Spiel doch mit!“, ruft Maya ihm zu.
„Wir kämpfen Mann gegen Mann.“

Jan luchst Max sofort den Ball ab.
Er täuscht nach rechts an
und zieht links an Lea und Maya vorbei.
Schon hat er freie Bahn
und knallt den Ball ins Tor.

„Du hast es aber drauf“, schnauft Maya.
Da hat Jan den Ball schon wieder.

Max und Lea kleben ihm
an den Fersen.
Im Lauf legt er sich den Ball
zum Schuss vor – und trifft!

„Zwei Alleingänge reichen“, mault Leon.
„Lass uns auch noch mitspielen!“

„Tja, Profis hängen euch Bolzplatz-Spieler eben leicht ab“, schallt es vom Rand.
Da stehen Jakob und Tim.
Die spielen im Fußballklub Friedenau.

„Deine Technik ist echt gut“,
sagt Jakob zu Jan.
„Setz die doch lieber
bei richtigen Fußballern ein!“

„Technik kann jeder lernen!“,
meint Jan.

„Wir brauchen aber keinen Trainer“,
zischt Leon. „Wir wollen nur kicken!“
„Und wenn dir das nicht reicht“,
fügt Maya hinzu,
„dann spiel bei den Lackaffen da mit!“

Die Fußballer lachen laut auf
und ziehen Jan mit sich fort.

Rache stinkt!

Schweigend sitzt die Bolzplatz-Bande
am Nachmittag in ihrem Versteck:
hinter dem Ziegenstall im Tierpark.
Den Tierpark leitet Leas Vater.

Hier sind die fünf immer ungestört.
Und ungestört müssen sie sein,
wenn sie Pläne schmieden –
Rachepläne!

„Diese Lackaffen in Fußballschuhen“, schimpft Maya wütend und wirft einen Stein in die Pfütze.
Platsch – die Wand des Stalls ist über und über mit Schlamm bespritzt.

„Ich hab's!", ruft Lea da.
„Wir verteilen Ziegenkötel
auf dem Fußballplatz!
Wie wohl braun gefleckte Fußballer
aussehen?"

„Super Idee", rufen die anderen
und sammeln Tüten voller Ziegenkötel.

Am späten Nachmittag
schleichen die fünf zum Fußballplatz.

Kichernd werfen sie die Kötel
kreuz und quer über den Rasen.

Doch am Ausgang
versperren ihnen Jakob, Tim
und drei weitere Fußballer den Weg.
„Was habt ihr auf dem Platz verteilt?“,
zischt Jakob und reißt
Maya die Tüte aus der Hand.

„Igitt“, ruft Jakob
und hält sich die Nase zu.

„Sammelt das sofort wieder auf“,
sagt Tim drohend.
„Wir wollen morgen hier spielen!“

„Dann spielt doch!“, erwidert Leon. „Oder fallt ihr Profis so oft hin, dass ihr Angst habt, euch dreckig zu machen?“

„Mit Fußballschuhen rutscht keiner aus“, meint Jakob scharf. „Ohne aber schon!“

Dann guckt er in die Runde.
„Mal sehen, wer sich dreckig macht:
Wir fünf spielen morgen Nachmittag –
und zwar gegen euch.
Wer verliert, muss den Platz säubern!"
Die Turbo 5 nicken.

Die Turbo 6

Als die Turbo 5
zum Fußballplatz kommen,
sind die Fußballer schon da.
Sie machen sich warm …

„Jetzt fegen wir euch vom Platz!“,
rufen die Fußballer.

„Angeber“, zischt Maya
und zieht ihre Turnschuhe an.
„Euch zeigen wir’s!“

„Ihr fangt an“, sagt Jakob und legt den Ball auf den Anstoßpunkt.

Lea passt den Ball zu Max.
Der stürmt los und zielt …

Doch Tim hält den Ball.

Die Fußballer starten einen Gegenangriff
und lassen den Ball sicher
von Mann zu Mann laufen.

Als Leon versucht,
den Ball zu kriegen,
rutscht er ins Leere.
„Mist“, flucht er und wischt sich
einen Ziegenkötel vom T-Shirt.

Da schießt Jakob
wie ein Pfeil aufs Tor zu …

… und knallt den Ball
an Juri vorbei ins Netz.
„1:0“, jubeln die Fußballer.

Die Turbo 5 kämpfen verbissen.
Aber die Schüsse von Torjäger Jakob
kann Juri einfach nicht halten.

So steht es zur Halbzeit 1:4.
Die Turbo 5 lassen sich ins Gras fallen.
„Gebt ihr etwa schon auf?“,
fragen die Fußballer grinsend.
„Siege soll man nie zu früh feiern“,
sagt da plötzlich jemand.

Es ist Jan.
„Was machst du denn hier?“,
fragt Maya keuchend.
„Zuschauen“, entgegnet Jan.
„Tipps wollt ihr ja nicht!“
„Die würden auch nichts nützen“,
meint Jakob.
„Sei dir da nicht so sicher“, sagt Jan.

Die Fußballer ziehen lachend ab.
Die Turbo 5 schweigen betreten.

„Was für Tipps hast du denn?“,
fragt Lea in die Stille.
Da legt Jan los.

„Woher weißt du das alles?“,
fragt Max erstaunt.
„Ich hab in einem Verein gespielt“,
sagt Jan. „Als Torwart!“

„Das ist unsere Rettung“, ruft Juri.
„Gehst du ins Tor?
Wir wechseln uns untereinander ab!“

Die Turbo 5 starren gebannt auf Jan.
Der grinst und nickt:
„Los, den Lackaffen zeigen wir's!“

Schon den ersten Schuss hält Jan.
Jakob flucht: „Wartet nur!“

„Auf was denn?“, fragt Jan
und schießt den Ball weit nach vorn.
Jakob sprintet hinterher, stolpert –
und landet in einem Ziegenkötel.
„Ich dachte, mit Fußballschuhen
fällt man nicht hin!“, ruft Juri.

Er nimmt den Ball im Lauf
und spielt eine Flanke vors Tor.
Maya köpft den Ball ins Netz.
„Super!“, brüllt Jan. „Weiter so!“
Er gibt vom Tor aus Tipps.

Die vier Spieler
geben alles.
Und Jan fliegt im Tor hin und her.

Bald steht es 4:4.
Da ruft Lea vom Rand: „Spiel-Ende!“
Die Turbo 5 fallen sich in die Arme.
Sie lassen Jan hochleben.

„Ab jetzt sind wir die Turbo 6“, meint Juri. „Mit den Tipps von Jan besiegen wir die Fußballer noch!“

„Das werden wir ja sehen“, sagt Jakob und grinst. „Für Bolzplatz-Spieler habt ihr euch aber echt gut geschlagen …“

„… und ihr Profis seid doch ganz schön dreckig geworden“, meint Leon. Alle lachen.

„Los, jetzt sammeln wir die Ziegenkötel auf“, schlägt Tim vor. „Sonst können wir morgen nicht gegeneinander spielen!“

Wichtige Wörter beim Fußball

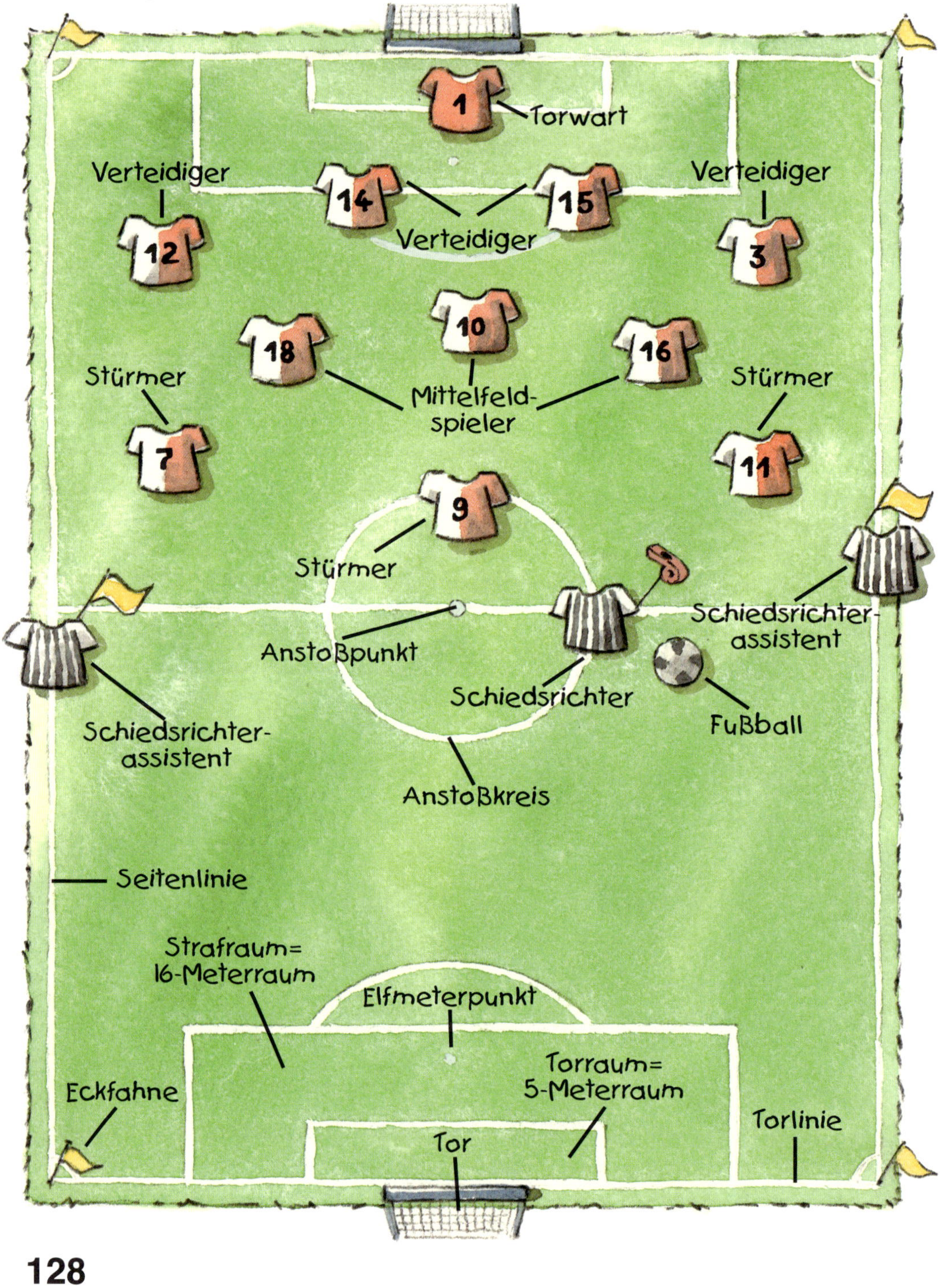

Abwehr:	Spieler, die die Angriffe des Gegners abwehren (= Verteidiger).
Angriff:	Spieler, die vor dem gegnerischen Tor spielen und Tore schießen sollen (= Stürmer).
Anstoß:	Anspiel des Balls bei Spielbeginn, nach einem Tor oder nach der Pause.
Dribbeln:	Den Ball nah am Fuß durch kurze Stöße vorantreiben.
Elfmeter:	Strafstoß nach einem Regelverstoß im Strafraum.
Flanke:	Flugball von der Seite des Spielfelds.
Foul:	Regelwidriges Verhalten, das mit Frei- bzw. Strafstoß (= Elfmeter) und/oder Gelber bzw. Roter Karte bestraft wird.
Freistoß:	Anspiel des Balls nach einem Regelverstoß.
Gelbe Karte:	Verwarnung bei Regelverstößen.
Halbzeit:	Ein Spiel besteht aus zwei Halbzeiten von je 45 Minuten mit einer Halbzeitpause dazwischen.
Pass:	Den Ball einem Mitspieler gezielt zuspielen.
Rote Karte:	Platzverweis bei schwerem Regelverstoß oder wenn ein Spieler bereits eine Gelbe Karte hatte. Sie zieht eine Spielsperre nach sich.

Claudia Ondracek wollte nach ihrem Geschichtsstudium erst in einem Museum arbeiten, landete dann aber im Kinderbuchverlag. Schnell hat sie gemerkt, dass sie sich zwischen frechen Hexen, wilden Indianern und klapprigen Dinosauriern richtig wohlfühlt. So fing sie vor einigen Jahren selbst an zu schreiben. Und seit sie mit ihrem Sohn und seinen Freunden auf dem Spielplatz Fußball spielt, fallen ihr auch zum runden Leder jede Menge turbulente Geschichten ein.

Leopé wurde in Heilbronn geboren. Nach dem Grafik-Design-Studium in Stuttgart und einer Ausbildung zum Erzieher zog es ihn 1984 nach Berlin. Seitdem arbeitet er dort als freier Maler, Autor und Illustrator und hat mittlerweile zahlreiche Kinderbücher veröffentlicht. Ein Vereinskicker war er nie, dafür hat er auf dem Bolzplatz schon so manchen strammen Schuss gehalten.

Leserätsel

mit dem Leseraben

Super, du hast das ganze Buch geschafft! Hast du die Geschichten ganz genau gelesen? Der Leserabe hat sich ein paar spannende Rätsel für echte Lese-Detektive ausgedacht. Mal sehen, ob du die Fragen beantworten kannst. Wenn nicht, lies einfach noch mal auf den Seiten nach. Wenn du die richtigen Antwortbuchstaben in die Kästchen auf Seite 136 eingesetzt hast, bekommst du das Lösungswort.

Fragen zu den Geschichten 

1. Warum freut sich Tommi? (Seite 10)

O: Tommi hat für sein Zeugnis einen Hund geschenkt bekommen.

W: Tommi hat einen neuen Fußball geschenkt bekommen.

2. Warum spielt Max nicht mit Tommi?
(Seite 18)

A : Max möchte lieber Fahrrad fahren.

L : Max muss sein Fahrrad reparieren.

3. Auf welcher Position spielt Tommi? (Seite 27)

K : Im Sturm.

T : Im Tor.

4. Welchen Beruf hatte Emil? (Seite 57)

M: Er war Fußballstar und spielte in der Bundesliga.

B : Er war ein Jongleur im Zirkus.

5. Wodurch läst sich Prinz beruhigen?
(Seite 63)

V : Durch rote und gelbe Kuschelkarten.

I : Nur durch frische Parkluft.

6. Wer ist Feno Meno? (Seite 69)

S : Ein Mannschaftsgeist.

L : Ein Gespenst.

7. Womit kicken die Turbo 5 auf dem Schulhof? (Seite 95)

H : Mit einem Fußball.

T : Mit einem Tennisball.

8. Warum meinen die Profis, sie würden nicht ausrutschen? (Seite 110)

R : Weil sie besser spielen.

E : Weil sie Fußballschuhe tragen.

9. Was war Jan früher im Fußballverein? (Seite 121)

R : Torwart.

B : Trainer für die Kleinen.

Lösungswort:

1 W	E	2 L	3 T	4 M	E	5 I	6 S	7 T	8 E	9 R

Rabenpost

Super, alles richtig gemacht! Jetzt wird es Zeit für die RABENPOST.
Schicke dem LESERABEN einfach eine Karte mit dem richtigen Lösungswort. Oder schreib eine E-Mail. Wir verlosen jeden Monat 10 Buchpakete unter den Einsendern!

An den LESERABEN
RABENPOST
Postfach 20 07
88 190 Ravensburg
Deutschland

leserabe@ravensburger.de
Besuch mich doch auf meiner Webseite:
www.leserabe.de